Pierre
Goudelin_

À mon ami A. Baudouin,

D. Bernac.

L'un des 4 exemplaires tirés sur papier du XVIIᵉ Siècle.

22454

Un exemplaire de cette édition
à la Méjane, Aix. Rés D2.

LE RAMELET MOUNDI

CRESCVNT, BROVTOVILLE
V BEN DE AL ELNDI.

A TOVLOVSO
De L'Imprimario de R. Colomiés
dan priuilerge del Rey.

M.D.C.XXII

Catalogue Roux-Devillas 41, 1957

4291. **GOUDELIN** (P.).. Le Ramelet moundi, crescut d'un Broutounet *deuxième*
que ben de sesplandi. *Toulouse, R. Colomiès,* 1621; in-8 de 9 ff. *partie*
prélim. n. ch., 117 pp., 55 pp. et 2 pp. n. ch. de table, bas. jasp., dos
orné, tr. jasp. (*Rel. du XVIIIᵉ siècle*).   40.000 fr.

Seconde édition de ce célèbre poëte toulousain. Elle est de toute rareté *debute*
et manque à la *Bibliothèque Nationale.* La première édition de 1617 est
citée par les bibliographes mais introuvable.

A notre connaissance, aucun exemplaire de cette édition de 1621 n'a *par A.4*
figuré dans un catalogue depuis la vente Ed. Moura en 1923. — Titre-
frontispice gravé en taille-douce. Exemplaire grand de marges; fortes
rousseurs aux premiers ff., petit trou au titre, qui est défraîchi.

LA SECONDE ÉDITION

DU

RAMELET MOUNDI

DE GOUDELIN

SUIVIE

Du Catalogue descriptif des différentes éditions
de ses Œuvres

PAR

Le Dr DESBARREAUX-BERNARD

TOULOUSE

Impr. Louis et Jean-Matthieu DOULADOURE
Rue Saint-Rome, 39

—

1873

LA SECONDE ÉDITION

DU

RAMELET MOUNDI

DE GOUDELIN (1).

Les rapports qui existent entre les deux premières éditions du *Ramelet*, m'obligent, avant toutes choses, de reproduire ici l'article que Brunet a consacré, dans son *Manuel*, à la première de ces éditions.

« Le Ramelet-Moundi del Sr Goudelin. *A Tou-*
» *louso, de l'imprimario de R. Colomies*, 1617.
» Pet. in-8º de 8 ff. prélim., 120 pp., et un
» frontispice gravé ajouté.

(1) L'exemplaire que j'ai sous les yeux est celui qui est porté dans le *Répertoire bibliographique* de Léon Téchener, 1869, nº 1837.

» Voici la plus ancienne édition que nous
» ayons vue de ces poésies languedociennes,
» mais non pas , peut-être , la première qui ait
» paru , car le privilége du Roi, à la fin du vo-
» lume, est sous la date du 14 janvier 1615. »

Brunet ne nous dit pas à quelle bibliothèque
apppartenait l'exemplaire *qu'il a vu*. C'est un
oubli regrettable, et la piste de ce rarissime volume est si bien perdue aujourd'hui, que les fu-
reteurs de livres patois se demandent si on la
retrouvera jamais. Nous avons vainement ré-
clamé ces deux éditions du *Ramelet*, soit à la bibliothèque nationale, soit à celle de l'arsenal,etc.,
aucun de ces vastes établissements ne les
possède▪.

La seconde a pour titre : Le Ramelet moundi
crescvt dvn brovtovnet qve ben de sesplandi. *A
Toulouso de l'imprimario de R. Colomies. Dan
priviletge del Rey.* — M.D.C.XXI. — C'est un petit
in-8º composé de deux parties ; la première a
8 ff. prélim. pour la dédicace, les vers adressés
à l'auteur et l'*abertissomen*. Ces 8 ff. sont précédés d'un titre gravé sur cuivre ajouté ; ils sont
suivis de 60 ff. chiffrés de 1 à 117. Le verso du
117ᵉ est blanc. Dans mon exemplaire le 60ᵉ feuillet a été enlevé, aussi le cahier H n'a-t-il que
trois ff. au lieu de quatre qu'il devrait,nécessai-
rement avoir. La page 82 est blanche et n'est

pas chiffrée (1). Cette première partie du *Rame-let* finit à la page 114 ; les deux ff. suivants contiennent des stances et des *quatrens sur le Ra-melet moundi.*

La deuxième partie est composée de 32 ff., signés A.-D. dont trois ff. limin (2) ; (ils manquent dans mon exemplaire). La pagination commence en tête de la dédicace et continue jusqu'à la page 55, au verso de laquelle se trouve le privilége qui remplit aussi le recto du dernier f. dont le verso est blanc. Ces trois dernières pages ne sont pas chiffrées.

Le privilége placé à la fin de cette deuxième partie est celui de 1615. Ce privilége, cité par Brunet, n'a jamais été reproduit ; nous croyons utile d'en citer ici quelques passages :

Nous, par la grâce de Dieu, Roy de France....
avons permis et permettons...à nostre trés-cher et
bien amé Raymond Colomiez (sic), d'imprimer
ou faire imprimer, mettre en lumière et distribuer
par tels imprimeurs et libraires que bon luy sem-
blera, les œuvres de Pierre Goudelin, tolosain, et

---

(1) Si, par hasard, un exemplaire, sans titre, de la première édition, tombait entre les mains de quelqu'un, cette particularité suffirait pour la faire reconnaître.

(2) Pour le faux-titre et le titre précédés d'un feuillet blanc. Ces trois feuillets complètent le cahier A.

ce, pour et durant le temps de six ans prochains et consécutifs, à commencer du jour que lesdites Œuures seront paracheuées d'imprimer. Donné à Paris, le XIIII *iour de Januier, l'an de grâce mille six cens quinze.*

Tout à fait au bas de la page on a imprimé, en gros caractères italiques, la remarque suivante : *Le présent livre a esté paracheué d'imprimer le 4 nouembre 1617. Et pour la seconde, augmenté* (sic) *le premier de Feurier 1621.*

On a donc mis deux ans pour imprimer la première partie. Cela prouve, contrairement à l'appréciation de Brunet, que l'édition de 1617 est bien réellement la première.

Le frontispice, gravé sur cuivre, placé en tête de ce volume, quoique d'une exécution fort médiocre, mérite cependant de fixer notre attention. En voici la description :

Au milieu d'un portique, surmonté des armes d'Adrien de Montluc (1), auquel Goudelin a dédié les deux parties de son livre, on voit Pallas, faisant taire les cris de l'Envie, et brisant avec sa lance la faulx du Temps prête à couper des fleurs nouvellement écloses.

---

(1) Ecartelé aux 1 et 4, d'azur au loup d'or, qui sont les armes de la ville de Sienne ; aux 2 et 3, d'or à un tourteau de gueules, qui est Montluc.

C'est dans la dédicace de la première partie qu'on a pris le sujet de cette allégorie, fort transparente du reste. Voici le passage dont s'est inspiré le graveur :

« ..... Ramelet es le noum d'un piloutet de » councepcius acatados que desiron se releba » jouts bostre noum, que rebuffo de glorio, en- » tournejat de cent titres hounourables. Nostros » flouretos escassopenos tiraon le·cap, que le » tens Aujoulet emplumat éro prést de lour » coupa l'hérbo jouts le pé, le chichet de l'Em- » bejo courriô tabe per las blazi de sas enfecidos » alenados ; quand Pallas de primabord emba- » lauzis l'un et le fa demoura couch, à l'autre » trinco la dailho destrous en estrous. »

Toutes les éditions de Goudelin renferment la dédicace à Adrien de Montluc , mais l'édition dont je m'occupe, et la première,.si je ne me trompe pas , sont les seules qni contiennent le frontispice que je viens de décrire. Je ferai remarquer à ce sujet, que les éditeurs à la suite qui ont connu cette seconde édition, puisqu'ils en ont exactement reproduit toutes les pièces, n'ont rien dit de ce frontispice et ne se sont pas donné la peine d'en rechercher l'origine.

Pour compléter les indications que je viens de fournir, j'ai comparé les deux premières parties de l'édition du *Ramelet moundi* de 1637 avec celle de l'édition qui fait le sujet de ma thèse, et j'ai constaté qu'elles renferment exactement les mêmes pièces, pas une de plus, pas une de moins.

Telle est la description exacte de la seconde édition du *Ramelet moundi*, et je n'aurais plus rien à ajouter si, en examinant scrupuleusement, il y a peu de jours, le frontispice gravé, je n'y avais découvert les traces d'une innocente supercherie.

Voici ce qu'a fait Colomiés. N'ayant pas écoulé son édition de 1617, il en a formé la première partie d'une seconde édition qu'il a complétée à l'aide d'une série de pièces nouvelles, à laquelle Goudelin a donné le titre de *Broutou Noubelet*.

Mes preuves sont faciles à déduire.

Je ne crains pas d'affirmer, d'abord, que *le frontispice gravé ajouté* de l'édition de 1617, signalé, mais non décrit par Brunet, est absolument le même que le *frontispice gravé, ajouté*, de la seconde édition. Seulement pour l'adapter à sa nouvelle destination il a fallu retoucher la planche. Les mots : *del Sr Goudelin* ont été effacés et on a mis à leur place, en lettres de fantaisie, la seconde partie du titre : *Crescvt dvn Brovtovnet qve ben de sesplandi.*

Quant au millésime 1617, il a été remplacé, tout au bas du frontispice, par la date de

M.D.C.XXI, imprimée en chiffres romains (1). On aperçoit facilement encore, à l'œil nu, la trace de l'une des unités qui terminaient le millésime M.DC.XVII.

Là ne se borna pas ce que je persiste à caractériser d'innocente supercherie, étant bien sûr que personne, à ce sujet, n'éleva la voix contre Colomiès. Mais comme il importait, pour éviter toute disparate, de faire un tout homogène de l'ancienne et de la nouvelle partie du livre, il fallut nécessairement enlever le dernier feuillet de la première édition qui renfermait le privilége du Roi. Voilà pourquoi ce feuillet manque dans mon exemplaire, et pourquoi aussi ce même exemplaire n'a que 117 pages.

Comme je l'ai dit plus haut, Colomiès a fait réimprimer le privilége de 1615 à la fin de la nouvelle partie, en mentionnant au bas de la page, et d'une manière fort incorrecte, je dois le dire, la date à laquelle chacune des parties du volume a été *paracheuée* d'imprimer.

(1) Les imprimeurs de Toulouse, au XVIIᵉ siècle, altérèrent souvent la date des livres afin d'écouler plus promptement une édition qui ne se vendait pas. Nous en avons cité, ailleurs, plusieurs exemples (*Mém. de l'Acad.* 7ᵉ série, t. I. p. 232). Nous rappellerons ici qu'en 1612, Raymond Colomiès ajouta, à la main, deux unités (II) au millésime du *Traité de l'essence et Guérison d'amour*, de J. Ferrand, qu'il avait imprimé en M.D.C.X.

1.

Plusieurs bibliographes ont cité, sous la date de 1621, une édition du *Ramelet, longtens a crescut d'un Broutou et de noubél d'un segoun Broutou.* Toulouso, Colomiez (sic), pet. in-8°.

Cette édition, qu'ils désignent arbitrairement (1) comme la troisième, porte-t-elle bien réellement le millésime de 1621 ?

Franchement nous hésitons à le croire. Comment admettre, en effet, que l'imprimeur, qui en février 1621 avait encore en magasin une notable quantité d'exemplaires de sa première édition et qui, pour l'écouler, greffait dessus *le Broutou noubelet* pour en faire une seconde, comment admettre, dis-je, qu'il ait pu en publier une troisième la même année ?

Je ferai observer aussi que ces mots : *longtens a crescut d'un broutou*, n'ont aucun sens si la seconde édition, et celle qu'on regarde comme la troisième, ont été imprimées la même année (1621).

Il existe, sous la date de 1627, une édition conforme, dit-on, à celle qui serait datée de 1621.

---

(1) Parmi les nombreuses éditions des *Œuvres de Goudelin*, le chiffre de l'édition n'est exprimé que dans la seconde et seulement au bas du privilége..... L'édition d'*Amserdam, Daniel Pain 1710*, est également signalée comme la *quatrième*, mais le motif de cette fausse indication m'échappe.

N'y aurait-il pas une erreur dans le dernier chiffre et ne faudrait-il pas lire 1627 ? Avec cette dernière date le LONGTENS A CRESCUT D'UN BROU-TOU s'expliquerait à merveille.

Craignant toutefois de me tromper, je ferai comme ce conspirateur dans la poche duquel on avait saisi une cocarde compromettante et qui, interpellé à l'audience à ce sujet, répondit : c'est un paratonnerre.

Voici donc mon paratonnerre.

Quoique la seconde édition du *Ramelet* ait été *paracheuée d'imprimer le premier de feurier 1621*, je ne dis pas qu'il soit *absolument* impossible qu'on en ait imprimé une nouvelle avant la fin de cette année.

Je croirais n'avoir pas tout dit si je ne faisais pas remarquer, en terminant, tout l'intérêt que présentent les exemplaires d'un livre qui, semblable à celui dont je viens de m'occuper, renferme à la fois sa première et sa seconde édition.

CATALOGUE DESCRIPTIF

DES ŒUVRES DE P. GOUDELIN

La découverte du *Ramelet moundi* de 1621, complète, à peu près, la liste des nombreuses éditions « du poëte célèbre qui a illustré Toulouse. »

Je vais reproduire cette liste en négligeant, toutefois, les pièces détachées qui, devenues fort rares aujourd'hui, ont successivement pris place dans les œuvres de Goudelin.

1. Stansos del Sr Goudelin, a l'hourouso memorio d'Henric le gran, inbinciblé rey de Franço et de Nabarro. *A Toulouso de l'imprimario de Colomiez* (sic), 1610, in-8°.

Réimprimé à Toulouse, en 1859, par les soins d'Auguste Abadie, in-12.

    100 exempl. sur pap. vélin.
      25   —   pap. vergé.
      25   —   pap. de couleur.

2. Le Ramelet moundi del Sr Goudelin. *A Toulouso, de l'imprimario de A. Colomies,* 1647,

pet. in-8º de 8 ff. prélim., 120 pp., signat A-H.
et un frontispice gravé ajouté (Brunet).

3. Le Ramelet moundi. Crescvt d vn brovtovnet
que ben de sesplandi. *A Tovlovso de l'imprimario
de A. Colomiès, dan priviletge del Rey.* 1621.
in-8º, frontispice gravé ajouté.
1re part. 8 ff. prélim. 59 ff. signés A-H.
2º part. 30 ff. signat. A-D.
Les trois premiers ff. ne sont pas chiffrés.
On lit à la fin : *Le présent liure a esté paracheué d'imprimer le 4 nouembre 1617. Et pour la
seconde augmentée ce premier de Feurier 1621.*

4. Le Ramelet moundi *longtens a crescut d'un
Broutou* et dé noubel d'un segoun Broutou, le
tout fayt par Pierre Goudelin. *A Toulouso, Colomiez* (sic), 1621, pet. in-8º.
J'ai donné plus haut les raisons qui me font
suspecter la date de cette édition.
Les bibliographes qui en ont parlé l'ont incom-
plétement décrite. Ils n'en ont pas mentionné le
privilége et n'ont pas reproduit, je crois, l'ortho-
graphe adoptée par l'imprimeur.

5. Le Ramelet moundi longtens a crescut d'un
Broutou, et de noubel d'un segoun Broutou,
le tout fayt per Pierre Goudelin. *Toulouso,
Colomiez* (sic), 1627. Pet in-8º.
Ce serait, suivant quelques bibliographes, le
deuxième tirage de l'édition précédente.
Ces deux éditions sont-elles pourvues d'un

privilége? C'est très-probable ; et s'il existe, la date qu'il porte doit trancher la difficulté que j'ai soulevée.

6. Le Ramelet moundi de tres Flourettos, o las gentillessos de tres boutados del Sr Goudelin. *Toulouzo, Colomiez, 1651*, in-8°.

Cette édition , portée dans un catalogue de M. Gancia , libraire à Brighton, et citée dans la notice de M. A. Abadie, sur *les éditions de P. Goudelin*, a paru suspecte à plusieurs bibliographes. Ils pensent qu'il pourrait y avoir une *erreur* dans le millésime placé au bas du titre, titre qui est du reste identique, de tout point, à celui de l'é-dition de 1638.

La supercherie serait , d'ailleurs , facile à re-connaître, si ce volume reparaissait jamais dans une vente publique. On n'aurait, pour cela, qu'à consulter le privilége, daté du 13 juin 1637, qui se trouve au versò du dernier feuillet du *diction-naire de la langue toulousaine*, en s'assurant, surtout, qu'on n'a pas mis un 1 à la place du 7.

7. Le Ramelet movndi, long-tens a crescvt d'vn Brovtov, et de novbel d'vn segovn, que ben de s'esplandi dins aquesto darniero impressiu.

Le tout fayt per Pierre Goudelin, toulousain.

A Tovlovso, de l'imprimario de A. Colomiez, imprimeur (sic) del Rey. 1637.

Ambe priuiletge del Rey.

Pet. in-12 de 12 ff. prélim. fautivement signés et non chiffrés. 108 ff. chiffrés jusqu'à 114, un feuillet pour le privilége, et un feuillet blanc qui complète le cahier 1. Signat. A.-I.

Le privilége, daté du 4 mars 1637, constate les nombreuses augmentations qui enrichissent cette jolie édition; au-dessous du privilége, on lit : *Acheué d'imprimer le dixième juin 1637.*

8. Le Ramelet movndi de tres flouretos. O las gentillessos de tres Boutados del Sʳ Govdelin.

Et le tovt se covrovno d'vn noubel Dictionari per intelligenço des mouts plus escartats de la lengo francezo.

A Tovlovso. De l'imprimario de Jean Bovdo, imprimur ordinari del Rey, à l'ensegno de S. Jan, prep del couletge de Foüis 1658.

Ambe pribiletge del Rey

Pet. in-8º. 10 ff. limin., pour le titre suivi d'un feuillet blanc. 8 ff. régulièrement signés, pour la dédicace, les vers adressés à l'auteur et l'*abertissomen.* 242 pp. signat. A.-P. 86 ff. non chiffrés et signés A.-I, Pour le *dictiounari.* Le privilége daté du 13 juin 1637 se trouve au verso du dernier feuillet.

Il existe deux sortes d'exemplaires de cette édition, qui ne diffèrent entr'eux que par le titre.

Sur le titre des uns se trouve une main tenant un groupe de fleurs dont on aperçoit les racines; le titre des autres est orné d'une gravure sur bois représentant saint Jean, dans l'île de Pathmos, et écrivant son évangile sous l'inspiration de Jésus-Christ qui trône dans les nuées. C'était probablement l'enseigne de Jean Boude.

Dans ces mêmes exemplaires le feuillet blanc qui suit le titre , et que j'ai signalé plus haut, n'existe pas. La date de l'impression n'est pas non plus, en tête du volume, mais on la retrouve sur le titre du *Dictionnaire de la langue toulousaine*.

9. Le Dicciovnari movndi, de la ovn sovn enginats principalomen les mouts les pus escarriés, an l'esplicaciu Francezo.

Dictionnaire de la langue tovlovsaine.

Contenant principalement les mots les plus éloignez du François, auec leur explication (par Jean Doujat).

A Tovlovso, de l'imprimario de Jean Bovdo. 1642.

Pet. in-12 de 48 ff. non chiffrés , signat. A-G.

Le privilége, daté du 13 juin 1637, se trouve au verso du dernier feuillet.

Ce *dictionnaire* accompagne quelquefois l'édition de 1637 , in-12.

Les exemplaires isolés sont fort rares.

10. Las obros de Pierre Goudelin. *Toalouso,* 1645, in-4°.

Quelques bibliographes signalent cette édition. Je ne l'ai jamais vue.

11. Las Obros de Pierre Govdelin, avgmentados d'vno noubélo floureto. *A Tovlovso* , per *Pierre Bosc,* 1647. *Ambe privileťge.*

In-4°, 8 ff. limin. 213 pp. suivi du *Dicciovnari*

movndi de 35 ff., non chiffrés. Le privilége, daté du 14 juin 1647, est placé au verso du dernier feuillet.

Cette édition est accompagnée de la pièce suivante : La Flovreto novbelo del Ramelet movndi de Pierre Govdelin. *A Tovlovso, per Pierre Bosc, 1647.*

En tête de *la Floureto noubelo*, se trouve ordinairement un titre gravé par G. Autin, d'une bonne exécution. Il représente la statue de dame Clémence, surmontée des armes de Toulouse, et entourée des huit blasons des Capitouls, en exercice l'an 1646 auxquels Goudelin a dédié sa *Floureto*.

Au-dessous de la statue de Clémence, on lit : A Toulouso per P. Bosc, et tout-à-fait au bas de la gravure : *Las obros et gentillesses (sic) poeticos de Mre P. Goudelin.*

Cette partie est chiffrée de 1 à 104. Elle a des signat. de A-N. Mais le titre gravé n'est compris ni dans la pagination, ni dans la signature. Ce titre, du reste, manque souvent. On le trouve quelquefois joint à l'édition in-4° de 1648.

12. Las obros de Pierre Govdelin. Avgmentados d'une noubelo Floureto. *A Tovlovso, per Pierre Bosc, 1648. Ambe priviletge.* in-4°.

C'est absolument la même édition, page pour page, que celle de 1647. Le millésime seul a été changé.

13. Las obros de Pierre Goudelin augmenta-

dos de forço péssos, é le Dictionnari sus la lengo moundino.

Ovnt es mes per ajvstié sa bido, Remarquos de l'antiquitat de la lengo de Toulouso, le trinfle del Moundi, é soun Oumbro.

A Toulouso, per Jan Pech, imprimur des Estats generals de la Proubinço de Foüis, prep le couletge des P. P. de la Compagno de Jesus. 1678.

Pet. in-12 avec un portrait de Goudelin et un titre gravé, portant les armes de France, celles de Toulouse et les blasons des Capitouls en exercice. 36 ff. non chiffrés pour les limin. renfermant le titre imprimé, la dédicace de l'imprimeur, son avis au lecteur, la lettre de Lafaille sur Goudelin, enfin, les vers adressés à l'auteur.

Le texte et les pièces ajoutées occupent 284 pp.; la dernière page est mal chiffrée 184. Le dictionnaire occupe 54 ff.

Les beaux exemplaires de cette édition sont rares. Elle ne porte pas de privilége.

14. Las obros...etc. *A Toulouso, J. et G. Pech, imprimeurs de Monseigneur l'évéque d'Alby.* 1693, pet. in-12.

15. Las Obros.... Toulouso, J. et G. Pech. 1694, pet. in-12.

Ces deux éditions sont identiques, on a changé la date et voilà tout.

Elles contiennent les mêmes pièces que l'édition de 1678, mais elles n'ont ni le portrait de Goudelin ni le titre gravé.

16. Las Obros de Pierre Goudelin, augmen-
tados de forço pessos, è le dicciounari sur la
Lengo moundino.

Quatriemo et darriero impressiu, rebisitado é
courigeado de forço fautes qu'eron à l'impressiu
de Toulouso.

Premier volume du Recueil des poëtes gascons,
publié à *Amsterdam par Daniel Pain*, *en 1710*.
Pet. in-8°, fig. ·

17. Las óbros de Piérre (sic) Goudelin aug-
mentados noubélomen de forço Péssos, ambe le
Dictiounari sur la lengo moundino.

Ount és més per ajustié sa bido, Remarquos
de l'Antiquitat de la lengo de Toulouso, le trinfle
moundi, soun oumbro : damb'un manadet de bér-
ses de Gautié, é d'autres pouètos de Toulouso.

A Toulouso chez Jean-François Caranove, 1713.
In-12.

18. Las obros de Pierre Goudelin.... etc.
(Même titre que la précédente)· *Toulouso, per
Claude-Gilles le Camus*, 1713. Pet. in-12.

19. Las obros de Pierre Goudelin.... etc.
(même titre que celui de l'édition de François
Caranove de 1713). *Toulouso, J.-A.-H.-M.-B. Pijon*, 1714. Pet. in-12.

20. Las obros.... etc. (même titre que celui
de l'édition précédente). Imprimé à *Toulouso, per
Claude-Gilles le Camus en 1716*, pet. in-12.

Le privilége, daté du 7 juin 1710, est accordé

à Jacques Loyau, imprimeur et libraire à Toulouse, qui a cédé son droit au présent privilége aux sieurs Claude-Gilles le Camus et François Caranove.

21. Las obros de Pierre Goudelin... etc. (même titre que celui des éditions précédentes). A Toulouso, chez M° *J.-A.-H.M.-B. Pijon, aboucat, soul imprimur del Rey, Plaço rouyalo,* 1774.

In-8°, portr. et frontispice gravé conforme à celui de l'édition de 1678, mais de format différent.

Même privilége que celui de l'édition de 1716; le nom de Pijon ne s'y trouve pas.

22. Las obros de Pierre Goudelin.... etc. (même titre que celui des éditions précédentes). *A Toulouso, chez J.-A. Caunes, imprimur, à la Carriero de las Balanços,* 1811. In-8°, portr.

23. Las poésios dé Pierré Goudouli, é d'autrés pouétos de Toulouso.
A Toulouso, dé l'imprimario dé Caunes, à la Carriero des Tournurs, 1831, in-18.

24. OEuvres complètes de Pierre Godolin, avec traduction en regard, notes historiques et littéraires, par MM. J.-M. Cayla et Cléobule Paul. *Toulouse, Delboy,* 1843. Gr. in-8°, portr. et lithographies.

FIN.

NOTE SUPPLÉMENTAIRE

RELATIVE AUX DEUX PREMIÈRES ÉDITIONS

DU

RAMELET MOUNDI

DE GOUDELIN

(Juin 1874)

––––––––––

J'avais dit dans une note précédente (1) que l'édition originale du *Ramelet* de Goudelin était introuvable. Le hasard n'a pas tardé à me donner un démenti.

M. Taillade, à qui les amis de nos poëtes patois doivent une édition complète et fort correcte des *Poésies gasconnes* de d'Astros, vient de découvrir, il y a peu de temps, chez un libraire

––––––

(1) Cette note a paru dans *l'Annuaire de l'Académie des sciences, inscriptions et belles-lettres de Toulouse*, pour l'année 1873-74.

de Paris, un fort joli exemplaire du *Ramelet moundi* de 1617 (1).

M. Taillade a bien voulu me le confier, et j'ai pu, tout à mon aise, comparer entre elles la première et la seconde édition de ce livre. Cela m'a permis aussi de constater que je ne m'étais pas trompé dans quelques-unes de mes appréciations.

Comme je l'avais indiqué, le même titre gravé a servi pour les deux éditions, et on a substitué au millésime MDCXVII de la première, le millésime MDCXXI qui se trouve au bas du titre gravé de la seconde.

Dans ces deux éditions, le titre gravé ne porte pas le nom de Goudelin, et Brunet, ayant cru devoir l'indiquer, l'a imprimé dans son *Manuel*, en suivant la leçon de l'édition de 1638 : *Del Sr Goudelin.*

Ces deux éditions offrent donc cette particularité qu'elles ne portent pas, sur le titre gravé, le nom de l'auteur, et que l'on se demande s'il n'existait pas un titre imprimé.

Je ne le crois pas, car le premier cahier est complet, les signatures en font foi. Et puis

---

(1) Cet exemplaire est celui de feu M. Burgaud des Marets.

d'ailleurs, ne serait-il pas étrange que ce second titre manquât dans les exemplaires que nous connaissons aujourd'hui, celui de Brunet, celui de M. Taillade, le mien et un quatrième dont je parlerai tout à l'heure.

Puisque le nom del Sr *Goudelin* n'existe pas sur le titre gravé de la première édition, rien n'a donc contrarié le graveur et il a pu, tout à son aise, buriner sur l'ancienne planche de cuivre, le *cresert den brorlournet que ben de sesplandi*, phrase alléchante, au moyen de laquelle Colomiés annonçait sa seconde édition.

En comparant, à boule vue, l'édition de 1617 à la première partie de l'édition de 1621, on est frappé de leur ressemblance : titre gravé, nombre de feuillets, chiffres, signatures, justification, titre courant au haut des pages, liminaires, tout, dis-je, jusqu'au verso de la page 81 qui est blanc, paraît confirmer cette identité.

Mais en examinant, minutieusement et page par page, l'impression de l'une et de l'autre, on y remarque des différences nombreuses, qui ne peuvent s'expliquer qu'en admettant l'existence d'un second tirage, ou celui d'un remaniement particulier.

C'est ce que je vais tâcher de démontrer.

1° Dans l'édition de 1617, on lit, en tête du f. 3 des liminaires : *Stances à l'Autheur.* Dans l'édition de 1621, ce dernier mot est orthographié ainsi : *Stances à l'Aucteur*.

2° Dans l'édition de 1617, le f. G-3 est signé C. 3, dans l'édition de 1621 la signature est régulière.

3° Dans l'édition de 1617, p. 103, ligne 16, à la fin de l'alinéa, on a fautivement imprimé *flascou* pour *cascou*; la faute n'existe pas dans l'édition de 1621.

4° Dans l'édition de 1621, même page, dernière ligne, on a oublié l's de *grando*; l'édition de 1617 porte, avec raison, *grandos*.

5° Dans l'édition de 1617, p. 114, le mot FIN est placé à 21 millimètres de distance de la dernière ligne, et dans l'édition de 1621, à 15 millimètres seulement.

6° Dans les deux éditions, le titre courant, au haut des pages : LE RAMELET MOUNDI, est imprimé en petites capitales rondes de même force de corps, et la capitale M est tantôt simple, tantôt bouclée. Dans l'édition de 1621, la capitale R offre la même disposition, tandis qu'elle est toujours simple dans l'édition de 1617.

Dans les deux éditions, les mots, renfermant l'une ou l'autre de ces lettres bouclées, se succèdent sans suite, au hasard, selon la fantaisie du prote, de sorte que les deux titres courants, quoique ayant quelque ressemblance, ne sont jamais exactement identiques.

Dans l'édition de 1617, p. 26, ces mots : Le Ramelet, du titre courant n'ont pas été imprimés ; ils l'ont été dans la page correspondante de l'édition de 1621.

7° Plusieurs lettres grises, les fleurons qui parent l'entête de certaines pages, et les culs-de-lampe, placés au bas de quelques pièces, ont été remplacés, en petit nombre toutefois, dans l'édition de 1621, par des bois plus ornementés.

8° Dans la pièce qui a pour titre : *Sur le Bouquet Tolosain*, le premier vers de la deuxième strophe a été changé ; il y avait dans l'édition de 1617 :

Quels charmes si puissants gardent ces belles fleurs,

et l'édition de 1621 porte :

Quel démon si puissant garde ces belles fleurs.

Je ferai remarquer aussi que dans la première édition, le verso de la page 117 est rempli par l'*extrait du privilége du Roy*, tandis que dans la première partie de la seconde, il est blanc.

Enfin, l'*achevé d'imprimer* qui, dans la première, se trouve imprimé en gros caractères ronds, au milieu du verso du 60ᵉ f., a été, dans la seconde, imprimé en caractères italiques et rejeté au bas du dernier f. de l'ouvrage.

En constatant les nombreuses et importantes similitudes qui existent, entre l'édition de 1617 et la première partie de celle de 1621, je me suis souvent demandé si Colomiés n'avait pas conservé sa première mise en page et s'il ne l'avait pas remaniée comme il avait remanié son titre gravé ?...

Le remaniement est aujourd'hui, pour moi, chose certaine.

J'ai sous les yeux un deuxième exemplaire de la seconde édition, récemment acheté à la vente Moquin-Tandon, par un bibliophile de mes amis ; cet exemplaire, couvert de sa première reliure en parchemin, n'a pas de tranchefile, ce qui m'a permis d'examiner, avec attention, le cahier H qui termine la première partie du volume.

Ce cahier signé H, H-2, n'a, dans la première édition, que quatre ff. chiffrés de 113 à 117. Au recto du 3e se trouve l'*extrait du privilége du Roy*, qui occupe aussi le recto du 4e f., dont le verso ne contient que l'*achevé d'imprimer*.

Dans la seconde édition, au contraire, ce cahier H est complet, il a donc 8 f. Les trois premiers sont chiffrés et signés comme dans la première ; mais le verso de la page 117, qui renfermait le *privilége du Roy*, est blanc, et le quatrième f., qui contenait la fin du *privilége*, est occupé par la dédicace à Adrien de Montluc, dédicace servant, en quelque sorte, d'introduction à la deuxième partie de cette seconde édition.

Ce quatrième f., imprimé, en italiques, est chiffré 1, et pour donner le change, et dissimuler, autant que possible, le remaniement, on l'a maladroitement signé *A-5*, et en italique! Ce qui saute aux yeux, puisque toutes les signatures du volume sont en petites capitales rondes.

Les quatre feuillets complémentaires de ce cahier, doublement signé, sont, comme tout le volume, imprimé en lettres rondes, et les signatures, en petites capitales, se suivent régulièrement jusqu'à la fin.

Cette fausse signature, *A-5*, se trouvant sur la première page de la 2e partie, m'a trompé, et supposant qu'elle appartenait à une nouvelle série de signatures, puisque le cahier suivant est signé B, j'ai donc cru qu'il manquait à mon exemplaire les trois ff., complément du cahier II.

La description que je viens de donner de ce cahier, prouve qu'il ne manque rien à ce livre, et que tous les exemplaires de l'édition sont nécessairement semblables.

Il est donc bien évident qu'afin de raccorder les deux parties et pour faire disparaître le *privi-*

lége qui les aurait séparées, Colomiés a dû réimprimer les quatre premiers ff. du nouveau cahier
H , sur les quatre derniers duquel il a placé sa
dédicace à Montluc et les premières pièces de
poésie *del Brovtovnet que ben de sesplandi.*

Il est bien évident encore qu'il n'aurait recom-
mencé , ni une nouvelle série de signatures , ni
une nouvelle série de chiffres , et qu'il n'aurait
pas signé d'un *A* en italique le quatrième feuillet du cahier H , s'il ne s'était pas servi de sa
première mise en page, et s'il avait imprimé
complétement toute sa seconde édition d'un seul
jet. J'ajouterai enfin que , dans ce dernier cas,
la page 81 ne serait pas restée blanche.

Juin , 1874.

DESBARREAUX-BERNARD.

Toulouse, Impr. Louis & Jean-Matthieu Douladoure.